JN014982

晨風

令和俳句叢書

SHINPU
Nakamura Masaki

中村雅樹句集

ふらんす堂

目次

卯の花腐し　平成十九年～二十一年　5
団栗　平成二十二年～二十三年　25
上り簗　平成二十四年～二十五年　51
朴落葉　平成二十六年～二十七年　75
島の秋　平成二十八年～二十九年　101
花の宿　平成三十年～三十一年・令和元年　123
若水　令和二年～三年　159

あとがき　203
初句索引　205
季語索引　210

句集　晨風

卯の花腐し

平成十九年〜二十一年

それぞれの窯の紅梅訪ねけり　平成十九年

葺替や丸太結ぶに木をねぢり

舟となる板をたてかけ朝桜

舟板にある釘隠し山ざくら

揚ひばり弘法麦の浜辺より

この池に人馬を清め夏近し

灯涼し巻藁舟の出でにけり

白南風やひと束のからむしを干し

鎌の先もて集めけり茗荷の子

悼　吉川仁教授

さはやかに中村君と呼びくれし

露むぐら御嶽講のとほりたる

水澄むや筧を山の砂とほり

採寸に一日かかり日脚伸ぶ　平成二十年

釣り人に卯の花腐しつづきけり

簗守の機嫌のわるき日なりけり

簗守の雨待ち顔に語りけり

風鈴や松の哀へすすみつつ

船艙に穀粒充満初あらし

提灯を小雨に吊つて地蔵盆

秋風や馬に漢方ほどこしぬ

国技館前に暦を売つてをり

父母がわが木の葉髪をかしがり

白魚汁ことば少なに祝ひけり

平成二十一年

印房の盆梅を見て通りけり

永き日や糸鋸に板回しをる

初ざくら湯船に水の張られゐて

注連縄の太きところに燕の巣

松蟬や風鐸一つ欠けてをる

その二階は
楪の風の涼しく吹くところ

本井英先生は
虚子のこと熱く涼しく語られし

大川や籠もろともに鵜を冷やす

秋風に散つて集まるヨットかな

大銀杏太初の言葉降る如し

ひと打ちにとび散る枝の棗かな

魚目先生は

衝羽根の実を筆硯のかたはらに

珠希誕生

強霜や薔薇色の子の生れたる

団栗

平成二十二年〜二十三年

平成二十二年

あふむけに赤子の浮かぶ初湯かな

風音の空に涸滝かかりけり

水餅の沈みをり上時国家

湯上りの赤子に声を福は内

お彼岸の真桑文楽雨はげし

万力に板たわめをり日永し

うららかや沖の巌を神として

乳母車動くと眠りあたたかし

雨の杜若に水のひろびろと

一枚の硝子に麦秋ゆがみけり

岐阜　妙照寺

黴畳あかざの杖をついてみん

荒梅雨の水門に灯の入りにけり

赤子には簾の紐のおもしろく

白日傘小柄な人でありにけり

ある人の言ふ

腹水を抜きつつことの外残暑

祝　武藤紀子さん

新涼の黒留袖を召されけり

空港のまはり鯊釣舟出でて

玉砂利の中の団栗掃きにけり

山にふる雨音しづか一位の実
行秋の共にあらあらぎ仰ぐのみ

飯桐の実の高枝にひつかかり

蟹のゐて馬接待の水澄めり

猪が苔をひつくり返しけり

猪を捌きし跡の濡れてをり

絨緞や氷のやうなシャンデリア

鯉の池ほたるの川も氷りけり

初売りや昆布に鉋すべらせて　平成二十三年

白魚舟お城の沖へ進みけり

音たてて水曲がりくる春の山

春の山賽銭担ぎおろしけり

夕方の風吹きにけり大干潟

やはらかく脚伸びにけり枝蛙

学僧と百足と輩出致しけり

汗の人ダイヤモンドの目利きとは

草匂ふ夜の簗場となりにけり

みづうみは草を打ち上げ明易し

丁子屋の浜に浴衣の干してあり

滴りに注連の小さくかかりけり

濤音の能登一宮明易し

秋暑し天守閣より下り来り

葉から葉へ大きな露の遊びをり

掃苔の山に川音とほくより

ひんがしに神島はあり芋嵐

権現に箸ほどの穴まどひかな

おもしろや朴の落葉に墨書して

朝夕に落葉の袋できにけり

幼子の着膨れてよく喋りをり

上り簗

平成二十四年〜二十五年

平成二十四年

膝をつき大盆梅に仕へをり

灌仏のみ寺に虚子を祀りけり

やどかりの毛深き脚をちぢめをり

船に積む水と氷と明易し

山門を海水浴へくぐりけり

仕立てたる権丸といふ祭舟

簗守に榎の蔭のありにけり

簗打つて外道の似鯉かかりけり

朝ぐもり舟は湖から海へ

庭草のばうばうとして鱧の皮

郁子　結婚

新郎の大昼寝とは頼もしき

ストラスブール

秋高し橋を回して船とほす

かつて史子は

緑蔭と運河の町に留学す

それぞれの膝に画板や秋高し

秋つばめ石切り場とも遺跡とも

露けしや大きな犬のまつ白で

秋風や柳行李の干されゐて

軒に吹きあげられしまま秋簾

よく晴れて大仏露を流しけり

父母は太箸つかひにくさうに

平成二十五年

枯草を叩き大鯉暴れけり

紅梅の奈良によき土壁のあり

大干潟とほき鳥居の向かうまで
大となり小の字となり燕

ふなばたに使ふ包丁朝ぐもり

夏潮や神事の米のかがやける

麦秋や帯解寺といふあたり

庭草の縁より高く茂りをり

さかのぼる舟に風鈴吊りにけり

弓は立てかけておくもの山涼し

弓と人涼しく控へをりにけり

涼しさの的は遠くに置きにけり

専立寺　二句

竹皮を脱ぐ聴聞のお寺かな

裏山に畑四五枚ほととぎす

みづうみの波間に菱の咲きにけり

うぐひから鱒に移りて上り簗

秋草に氷室の神を祀りけり

革装の合本となり水の秋

大露に映りてゐたり蔵王堂

黄落の天神下に住まひをり

行蔵は露の年譜につまびらか

久女の墓

墓石の朴の落葉を払ひけり

ふはふはと岩を離れて波の花

朴落葉

平成二十六年〜二十七年

平成二十六年

桜子

元朝や赤子の声のわが家より

昏倒の青あざ一つ冬ごもり

厚氷からんと物をはね返す

魚目先生は

冬の空別れに杖を高く振り

母死す

白髪の雛の如くおはしけり

高野山

紀ノ川を遡りくる春ならん

朧にてひと部屋にひと組の客
花冷や襖の引手あたらしく

虚子の忌の椿先生よつこらしよ

賞状は筒に収めて花ぐもり

五十年待ちて開帳花しきみ

大広間たけのこ飯の出でにけり

洋館のもくかう薔薇は山のやう
萍を網にすくひて重きこと

松の木に泥をとばして藻刈かな

藻刈人深みに足をとられけり

藻刈舟松の太枝を拾ひけり

山門の風は松よりところてん

大葭簀貴船の雨の上がりけり
葭簀から葭簀へ膳を運びけり

ロンドン　三句

漱石のロンドンは露けきところ

ロンドンは日差しに枯葉匂ひけり

冷やかに女王陛下の馬房かな

大露の畑より煙あがりけり

演習地すすきの海となりゐたり

演習の空砲をうつ芒かな

夕映えの噴煙となり草冷ゆる

海鼠舟島の日向に出でにけり

寒さうに海に向ひて祝詞かな

流木を蝕む貝や日脚伸ぶ

平成二十七年

鵙の贄付きたるままに梅白し

騎手は腰かるく浮かせてうららかに

沖合の干潟に舟を出しにけり

峰入の行者に花の戸口かな

墓石を山と寄せありほととぎす

金堂は絢爛と黴ゆくばかり

ひと張りの日蔽に船着きにけり

波音のゆるむときあり朝曇り

空蟬の一枚の葉にひしめける

噴水の中庭《パティオ》にメニュー出してあり

丸善に立ち寄ることも秋の昼

神学生パウロの墓や草の花

朴落葉あたまに乗せて遊びをり

冬濤の引くとき岩に奈落かな

ゐのししの皮の脂に冬の蜂

沈めてもすぐ浮かびくる厚氷

島の秋

平成二十八年～二十九年

沖縄

箸置に珊瑚のかけら島の春

平成二十八年

岩棚にうすく広がり春の潮

浜小屋の向かう雲雀の落ちにけり

湯治人遅日のダムを仰ぎをり

簗守に度々鮴のとびにけり

簗の風畑に吹いてをりにけり

みづうみの方より灯取虫来り

みさざぎに布袋葵の咲きにけり

新涼や赤き円卓まはしをる

素十忌の波音一つ聞きとめし

欄干は日にあたたまり水の秋

菊の鉢転がす雨となりにけり

榠樝の実二つが枝に押し合へり

蘆の花ざかりに蟹の登りゆく

草色の翅をたたみて鵙の贄

波に乗りかけて歩きぬ冬鷗

箒もて生垣を撫で日短か

浜離宮へと初凪の川下り

平成二十九年

殿様の声甲高く初芝居

大凧の骨のほどよきしなひかな

石段をくぬぎ落葉のあふれをり

梅園といふ大いなる日向かな

水ぎはを鳥も獣も西行忌

初ざくら謁見の間のうす暗く

朝桜ま白にしぶきゐたりけり

観潮の行く手白波立つてをり

遍路寺より灯台へ下りけり

藤の花ボートの中に散りにけり

悼　上辻みなさん

桐の花いづれ会へると思ひしに

ほととぎす薪棚片側から崩れ

瓜の馬つぶれて水となりにけり

一の字に艪を祀りけり涼新た

仮縫ひのものを身に当て秋の昼

島の秋地べたに網を干しにけり

秋しぐれ若き爽波を知る人と
返り咲く布袋葵のくつがへり

何はともあれ時雨忌の義仲寺へ

冬もみぢ虚子にぶつかり稽古かな

花の宿

平成三十年〜三十一年・令和元年

平成三十年

雪のあと花びらが降り初芝居

凧揚げの体をもつて行かれさう

悼　大峯あきら先生　三句

春を待つどんぐり山へ帰られし

傳法院釋顕智となられ春近し

乗り換へて大和の空や春寒し

蓬髪の赤子に春の立ちにけり

木槌もて葺替の屋根叩きけり

吉野山　七句

先生の在さぬ春を惜しみけり

うぐひすの声に力や顔洗ふ

吉野人春の暖炉を焚いてをり

花冷えの山の朝から晴れわたり

花あけび山の朝日の真横より

道普請へと花守の出でにけり

引き捨ててある大根の咲きにけり

銭湯の屋根のあたりに桐の花

川音の二階に新茶汲みにけり

簟みづうみの水かよひけり

座布団を河原に干して簗日和

萱草の花に田水の溢れけり

松並の切れしところを涼み舟

「晨」編集に当る

星涼し創刊の師のこころざし

水筒を机に立てて夏季講座

青すすき筆の工房灯りをり

湖へ藻刈の梯子おろしけり

藻を刈つて松によき風来りけり

広げ干す藻に夏蝶のひらひらと

舟追うて舟の出でゆく水の秋

秋高し左右に舳先ふりながら

剪定の梯子に石蕗の花ざかり

悼　宇佐美魚目先生　三句

師の庭の朴の落葉を位牌とす

つくばねを画集の上に魚目逝く
ひえびえと朱墨の硯まだあるか

大滝へ紅葉の下を上をゆく

蘭は

平成三十一年・令和元年

這ひ這ひの子が雛壇へまつしぐら

のどかさや一つの網を二艘にて

打ちかけの碁が縁側に竹の秋

吉野山　五句

花の宿薪棚に盥伏せてあり

ひもすがら薪をくべをり花の宿

残雪に日蔭のかづら引きにけり

花の昼ひよどりは去り雀が来

満開の花へと門を入りにけり

嵐山　三句

花の山より一舟へ吹き下ろす

漕ぎ上る舟かろやかに花の昼

雨雲の山桜よりはれて来し

学校のまはりの溝を浚ひけり

天井を金蠅とんで飯うまし

またたびに花ついてをり貴船口
新旧の葭簀を接いで使ひをり

ゆきのした貴船の雨のいさぎよし

舟に打ち上げし藻草の花白し

掃苔の箒そのままうち捨てて

茸狩のはぐれしことを今もなほ

秋風や去りゆく人に励まされ

差してくる潮に鰡のまた飛んで

無患子や本殿まことに小さくて

湖や無月の波のひたひたと

雑茸の茹で汁に虫浮いてをり

夜おそく着きたる駅の黄菊かな

猪垣のところどころに板戸かな

鴛鴦に流るる渦のとけにけり

姉のあと付いてまはりぬ七五三

湖の風にかけたる大根かな

舟に向き合うて坐りぬ近松忌

船が船ゆらしてとほり日短か

金屏に竹垂直に活けてあり

大榾の中より黒き虫出づる

立木二本間に梢を積みにけり

若　水

令和二年～三年

令和二年

なほ遠きところに的を弓初め

藪の家水仙に日の当たりをり

枯芝の起伏ゆるやか母と子に

たうたうの疎水や春の近江より

開門を待てば鶯鳴きにけり
花の宿これほど咲いてゐようとは

花の寺ひと撞き鐘を許されて
遊船の岸すれすれに曲がりけり

ハイヤーの待つ玄関や青すすき

日雷送り迎へに舟を遣り

冷さうめん山荘に古女房と
大勢で気球をたたむ夏野かな

落し文箒にかけて遣りにけり

水漬く舟草生す舟や明易し

熔岩の大きく割れて草涼し

栗の毬林の中に寄せてあり

露の玉迅しこぼるる時の来て
露の玉一気に走るときのあり

一山の僧控へをる良夜かな

衣川すすきの風の昼も夜も

水の秋ひとつの墓に立ち寄りて

飴色の瘤となりたる鵙の贄

法隆寺　二句

行く秋の風鐸松の色をして

一日の茶殻を干して寺の秋

茸狩に一杯水といふ泉

湖に落つるがままに松手入

屋根に人舟に人ゐて松手入

冬近し浮かべて樽を洗ひをり

黄落の戸に郵便の挿してあり

対中いずみさんは
墓守とさらりと言ひて日短か

古里は落葉して水湧きにけり

松島

しぐるるや小さな島に太き松

板に干す脂まみれの猪の皮
ちりぢりの木の葉が空に湖に

短日の鳥居を波の打ちにけり

日の色の橙たかく飾りけり

令和三年

輪飾や伏流水の湧くところ

若水や藻の青々とゆらぎをる

降りそそぐ雨の若水汲みにけり

白魚の桶に溜まりて水のやう

悼　田中清之さん（「さわらび会」）

温顔にさわらびの志ありし

松風の門跡に雛飾りけり

春潮の岩をなぶりて足元に

幼子に床のべてやり雛の間

吉野へと河原伝ひや西行忌

石段に横づけてあり花見舟

吉野山　七句

鶯の夕べの声となつてをり

山畑へ人かよひけり著莪の花

裏手へと筍掘りの消えにけり

水分に春の炉煙あがりけり

花御堂あけびの花を垂らしをり
朝ざくら雲より高く登り来し

谷間の雲のはれゆく朝ざくら

永き日や釘ことごとく浮き上がり

ドラム缶雀隠れに据ゑてあり
藤の淵水棹とどかぬ深さにて

橋をゆく葵祭を河原より

御嶽の気流に朴の咲きにけり

橋脚に潮ぶつかり明易し

熱帯魚珊瑚のかけら吐きにけり

石垣の稜の鋭く松涼し

風入の金襴ほつれゐたりけり

肘枕して蝉の声とほくより
おろおろと二人で漕いで舟遊び

白扇の骨を押さへて筆太に

蟻地獄きよらに土の乾きをり

新涼の嵐山へと橋かかり

座るまで舟ぐらぐらと草の花

満ちてくる潮の音の無月かな

船の行き交うて馬関の良夜かな

すらすらと十も二十も茸の名
茸山に鳥居くぐりて入りけり

葉の上を回りてゐたり露の玉

冷やかに標本の羽すきとほり

みづうみの方へと水は秋深し

はたはたと敗荷水を打ちにけり

菜畑に敗荷とんで来りけり

蕎麦の花伯耆大山暮れにけり

鉢物を取り込みて十三夜かな

戛《かつ》々《かつ》と山蟹のゆく報恩講

悼　岩月通子さん

笹鳴の方へと逸れてゆかれたる

木曽川へ巌をすべり朴落葉

あとがき

『晨風』はわたしの第三句集。所属誌「晨」から一字を借りてこの集名とした。平成十九年から令和三年までの三五九句を収めている。その間、わたしの俳句の拠り所であった、宇佐美魚目と大峯あきらの両師を失った。他方でよき先輩と多くの句友に支えられてきたことは、何よりも有難いことと感謝している。

出版に際しては、ふらんす堂の各位のお世話になった。厚く御礼申し上げたい。

令和四年四月

中村雅樹

著者略歴

中村雅樹（なかむら・まさき）

昭和23年　広島県生まれ。
昭和62年　宇佐美魚目に師事、平成2年「晨」同人。
平成11年　大串章に師事、平成12年「百鳥賞」、「百鳥」同人。
平成16年　「鳳声賞」（百鳥同人賞）。
平成20年　『俳人　宇佐美魚目』（本阿弥書店）にて、第9回山本健吉文学賞（評論部門）。
平成24年　『俳人　橋本鶏二』（本阿弥書店）にて、第27回俳人協会評論賞。
平成30年　「百鳥」退会。
令和元年　「晨」代表となる。

句集に平成9年『果断』（花神社）、平成19年『解纜』（花神社）。評論として平成29年『ホトトギスの俳人たち』（本阿弥書店）。ほかに令和2年『橋本鶏二の百句』（ふらんす堂）などがある。

「晨」代表。公益社団法人俳人協会評議員。日本文藝家協会会員。博士（文学）。

現住所　〒470-0117　愛知県日進市藤塚6-52

●初句索引

あ行

ひえびえと　一四〇
日雷　一六五
引き捨てて　一三一
膝をつき　五三
肘枕して　一九二
灯涼し　一〇
ひと打ちに　二三
ひと張りの　九五
日の色の　一七八
ひもすがら　一四三
冷さうめん　一六六
冷やかに
―女王陛下の　八八
―標本の羽　一九七
広げ干す　一三七
ひんがしに　四八
風鈴や　一五
葺替や　七
腹水を　三四
藤の花　一一六
藤の淵　一八八
舟板に　八
ふなばたに　六五
舟追うて　一三八
船が船　一五六
舟となる　八
舟に打ち　一四九
船に積む　五四
舟に向き　一五六
船の行き　一九五
冬近し　一七四
冬濤の　九八
冬の空　七八
冬もみぢ　一二一
降りそそぐ　一八〇
古里は　一七六
ふはふはと　七四
噴水の　九六
遍路寺より　一一六
箒もて　一一一
蓬髪の　一二七
朴落葉　九八
星涼し　一三五
ほととぎす　一一七

ま行

またたびに　一四八
松風の　一八一
松蟬や　二〇
松並の　一三四
松の木に　八四
丸善に　九七
満開の　一四五
万力に　二九
水分に　一八五
みささぎに　一〇六
湖に　一七三
みづうみの
―波間に菱の　七〇
―方より灯取虫　一〇六
―方へと水は　一九八
湖の　一五五
みづうみは　四四
湖へ　一三六
湖や　一五二
水ぎはを　一一四
水澄むや　一二
水の秋　一七一
水餅の　二八
満ちてくる　一九五
道普請へと　一三一
水漬く舟　一六七
峰入の　九三
無患子や　一五二
藻刈人　八四
藻刈舟　八五
鴫の贄　九二
藻を刈つて　一三七

や行

やどかりの　五四
簗打つて　五六
簗の風　一〇五
簗守に
―榎の蔭の　五六
―度々鰤の　一〇五
簗守の
―機嫌のわるき　一四
―雨待ち顔に　一四
屋根に人　一七四
藪の家　一六一
山にふる　三六
山畑へ　一八四
やはらかく　四二
湯上りの　二八
夕方の　四二

ら行

わ行

季語索引

春

時候

[春]
紀ノ川を遡りくる春ならん　七九
箸置に珊瑚のかけら島の春　一〇三
たうたうの疎水や春の近江より　一六二
[立春]
蓬髪の赤子に春の立ちにけり　一二七
[春寒]
乗り換へて大和の空や春寒し　一二七
[彼岸]
お彼岸の真桑文楽雨はげし　二九
[暖か]
乳母車動くと眠りあたたかし　三〇
[麗か]
うららかや沖の巌を神として　三〇
騎手は腰かるく浮かせてうららかに　九二
[長閑]
のどかさや一つの網を二艘にて　一四二
[日永]
永き日や糸鋸に板回しをる　一九
万力に板たわめをり日永し　二九
永き日や釘ことごとく浮き上がり　一八七
[遅日]
湯治人遅日のダムを仰ぎをり　一〇四
[花冷]
花冷や襖の引手あたらしく　八〇
花冷えの山の朝から晴れわたり　一三〇
[春惜む]
先生の在さぬ春を惜しみけり　一二八
[夏近し]
この池に人馬を清め夏近し　九

天文

[朧]
朧にてひと部屋にひと組の客　八〇

[花曇]
賞状は筒に収めて花ぐもり　八一

地理

[春の山]
音たてて水曲がりくる春の山　四一
春の山賽銭担ぎおろしけり　四一
[春潮]
岩棚にうすく広がり春の潮　一〇三
春潮の岩をなぶりて足元に　一八二
[潮干潟]
夕方の風吹きにけり大干潟　四二
大干潟とほき鳥居の向かうまで　六四
沖合の干潟に舟を出しにけり　九三
[残雪]
残雪に日蔭のかづら引きにけり　一四四

生活

[春の炉]
水分に春の炉煙あがりけり　一八五
[春暖炉]
吉野人春の暖炉を焚いてをり　一三九
[屋根替]
葺替や丸太結ぶに木をねぢり　七
木槌もて葺替の屋根叩きけり　一二八
[観潮]
観潮の行く手白波立つてをり　一二五
[花見]
石段に横づけてあり花見舟　一八三
[花守]
道普請へと花守の出でにけり　一三三

行事

[雛祭]
白髪の雛の如くおはしけり　七九
這ひ這ひの子が雛壇へまつしぐら　一四一
松風の門跡に雛飾りけり　一八一
幼子に床のべてやり雛の間　一八二
[遍路]
遍路寺より灯台へ下りけり　一一六
[仏生会]
灌仏のみ寺に虚子を祀りけり　五三
[花御堂]
花御堂あけびの花を垂らしをり　一八六

[西行忌]
水ぎはを鳥も獣も西行忌　一一四
吉野へと河原伝ひや西行忌　一八三
[虚子忌]
虚子の忌の椿先生よつこらしよ　八一

動物

[鶯]
うぐひすの声に力や顔洗ふ　一二九
開門を待てば鶯鳴きにけり　一六三
鶯の夕べの声となつてをり　一八四
[雲雀]
揚ひばり弘法麦の浜辺より　九
浜小屋の向かう雲雀の落ちにけり　一〇四
[燕]
大となり小の字となり燕　六四
[燕の巣]
注連縄の太きところに燕の巣　二〇
[白魚]
白魚汁ことば少なに祝ひけり　一八
白魚舟お城の沖へ進みけり　四〇
白魚の桶に溜まりて水のやう　一八〇
[寄居虫]
やどかりの毛深き脚をちぢめをり　五四
[春蟬]
松蟬や風鐸一つ欠けてをる　二〇

植物

[梅]
印房の盆梅を見て通りけり　一八
膝をつき大盆梅に仕へをり　五三
鵙の贄付きたるままに梅白し　九二
梅園といふ大いなる日向かな　一二三
[紅梅]
それぞれの窯の紅梅訪ねけり　七
紅梅の奈良によき土壁のあり　六三
[初花]
初ざくら湯船に水の張られゐて　一九
初ざくら謁見の間のうす暗く　一二四
[桜]
舟となる板をたてかけ朝桜　八
朝桜ま白にしぶきゐたりけり　一二五
朝ざくら雲より高く登り来し　一八六
谷間の雲のはれゆく朝ざくら　一八七

[花]
峰入の行者に花の戸口かな　九三
花の宿薪棚に盥伏せてあり　一四三
ひもすがら薪をくべをり花の宿　一四三
花の昼ひよどりは去り雀が来　一四四
満開の花へと門を入りにけり　一四五
花の山より一舟へ吹き下ろす　一四五
漕ぎ上る舟かろやかに花の昼　一四六
花の宿これほど咲いてゐようとは　一六三
花の寺ひと撞き鐘を許されて　一六四
[山桜]
舟板にある釘隠し山ざくら　八
雨雲の山桜よりはれて来し　一四六
[藤]
藤の花ボートの中に散りにけり　一一六
藤の淵水棹とどかぬ深さにて　一八八
[樒の花]
五十年待ちて開帳花しきみ　八二
[通草の花]
花あけび山の朝日の真横より　一三〇
[竹の秋]
打ちかけの碁が縁側に竹の秋　一四二
[大根の花]
引き捨ててある大根の咲きにけり　一三
[雀隠れ]
ドラム缶雀隠れに据ゑてあり　一八八
[蕨]
温顔にさわらびの志ありし　一八一

夏

時候

[麦の秋]
一枚の硝子に麦秋ゆがみけり　三
麦秋や帯解寺といふあたり　六六
[短夜]
みづうみは草を打ち上げ明易し　四四
濤音の能登一宮明易し　四六
船に積む水と氷と明易し　五四
水漬く舟草生す舟や明易し　一六七
橋脚に潮ぶつかり明易し　一九〇
[涼し]
楪の風の涼しく吹くところ　二

虚子のこと熱く涼しく語られし　二
弓は立てかけておくもの山涼し　七七
弓と人涼しく控へをりにけり　六八
涼しさの的は遠くに置きにけり　六八
熔岩の大きく割れて草涼し　一六八
石垣の稜の鋭く松涼し　一九一

天文

［夏の星］
星涼し創刊の師のこころざし　一三五

［白南風］
白南風やひと束のからむしを干し　一〇

［卯の花腐し］
釣り人に卯の花腐しつづきけり　一二

［梅雨］
荒梅雨の水門に灯の入りにけり　一三

［雷］
日雷送り迎へに舟を遣り　一六五

［朝曇］
朝ぐもり舟は湖から海へ　五七
ふなばたに使ふ包丁朝ぐもり　六五
波音のゆるむときあり朝曇り　九五

地理

［夏野］
大勢で気球をたたむ夏野かな　一六六

［夏の潮］
夏潮や神事の米のかがやける　六五

［滴り］
滴りに注連の小さくかかりけり　四五

生活

［浴衣］
丁子屋の浜に浴衣の干してあり　四五

［日傘］
白日傘小柄な人でありにけり　一三

［鱧の皮］
庭草のばうばうとして鱧の皮　五七

［筍飯］
大広間たけのこ飯の出でにけり　八二

［冷索麺］
冷さうめん山荘に古女房と　一六六

［心太］
山門の風は松よりところてん　八五

[新茶]
川音の二階に新茶汲みにけり　一二三
[夏灯]
灯涼し巻藁舟の出でにけり　一一〇
[噴水]
噴水の中庭にメニュー出してあり　九六
[簟]
簟みづうみの水かよひけり　一三三
[日除]
ひと張りの日蔽に船着きにけり　九五
[青簾]
赤子には簾の紐のおもしろく　三三
[葭簀]
大葭簀貴船の雨の上がりけり　八六
葭簀から葭簀へ膳を運びけり　八六
新旧の葭簀を接いで使ひをり　一四八
[扇]
白扇の骨を押さへて筆太に　一九三
[風鈴]
風鈴や松の衰へすすみつつ　一一五
さかのぼる舟に風鈴吊りにけり　六七
[虫干]
風入の金襴ほつれゐたりけり　一九一
[溝浚え]
学校のまはりの溝を浚ひけり　一四七
[藻刈]
松の木に泥をとばして藻刈かな　八四
藻刈人深みに足をとられけり　八四
藻刈舟松の太枝を拾ひけり　八五
湖へ藻刈の梯子おろしけり　一三六
藻を刈つて松によき風来りけり　一三七
[魚簗]
簗守の機嫌のわるき日なりけり　一一四
簗守の雨待ち顔に語りけり　一一四
草匂ふ夜の簗場となりにけり　四四
簗守に榎の蔭のありにけり　五六
簗打つて外道の似鯉かかりけり　五六
簗守に度々鮒のとびにけり　一〇五
簗の風畑に吹いてをりにけり　一〇五
座布団を河原に干して簗日和　一三三
[納涼]
松並の切れしところを涼み舟　一三四

［船遊］
遊船の岸すれすれに曲がりけり　一六四
おろおろと二人で漕いで舟遊び　一九二
［海水浴］
山門を海水浴へくぐりけり　五五
［汗］
汗の人ダイヤモンドの目利きとは　四三
［昼寝］
新郎の大昼寝とは頼もしき　五八
［夏期講習会］
水筒を机に立てて夏季講座　一三五

行事

［祭］
仕立てたる権丸といふ祭舟　五五
［葵祭］
橋をゆく葵祭を河原より　一八九

動物

［雨蛙］
やはらかく脚伸びにけり枝蛙　四二
［時鳥］
裏山に畑四五枚ほととぎす　六九
墓石を山と寄せありほととぎす　九四
ほととぎす薪棚片側から崩れ　一一七
［鵜］
大川や籠もろともに鵜を冷やす　三三
［鰣］
うぐひから鰣に移りて上り簗　七〇
［熱帯魚］
熱帯魚珊瑚のかけら吐きにけり　一九〇
［夏の蝶］
広げ干す藻に夏蝶のひらひらと　一三七
［蛾］
みづうみの方より灯取虫来り　一〇六
［落し文］
落し文箒にかけて遣りにけり　一六七
［蟬］
肘枕して蟬の声とほくより　一九二
［空蟬］
空蟬の一枚の葉にひしめける　九六
［蠅］
天井を金蠅とんで飯うまし　一四七

［蟻地獄］
蟻地獄きよらに土の乾きをり　一九三
［蜈蚣］
学僧と百足と輩出致しけり　四三

植物

［薔薇］
洋館のもくかう薔薇は山のやう　八三
［茂］
庭草の縁より高く茂りをり　六六
［緑蔭］
緑蔭と運河の町に留学す　五九
［桐の花］
桐の花いづれ会へると思ひしに　一一七
銭湯の屋根のあたりに桐の花　一三三
［朴の花］
御嶽の気流に朴の咲きにけり　一八九
［木天蓼の花］
またたびに花ついてをり貴船口　一四八
［竹の皮脱ぐ］
竹皮を脱ぐ聴聞のお寺かな　六九
［杜若］
雨の杜若に水のひろびろと　三一
［布袋葵］
みささぎに布袋葵の咲きにけり　一〇六
［筍］
裏手へと筍掘りの消えにけり　一八五
［茗荷の子］
鎌の先もて集めけり茗荷の子　一一
［青薄］
青すすき筆の工房灯りをり　一三六
ハイヤーの待つ玄関や青すすき　一六五
［著莪の花］
山畑へ人かよひけり著莪の花　一八四
［菱の花］
みづうみの波間に菱の咲きにけり　七〇
［萱草の花］
萱草の花に田水の溢れけり　一三四
［鴨足草］
ゆきのした貴船の雨のいさぎよし　一四九
［藻の花］
舟に打ち上げし藻草の花白し　一四九

［萍］
萍を網にすくひて重きこと　八三

［黴］
黴畳あかざの杖をついてみん　三三
金堂は絢爛と黴ゆくばかり　九四

秋

時候

［秋］
島の秋地べたに網を干しにけり　一一九
一日の茶殻を干して寺の秋　一七二

［残暑］
腹水を抜きつつことの外残暑　三四
秋暑し天守閣より下り来り　四六

［新涼］
新涼の黒留袖を召されけり　三四
新涼や赤き円卓まはしをる　一〇七
一の字に艪を祀りけり涼新た　一一八
新涼の嵐山へと橋かかり　一九四

［秋の昼］
丸善に立ち寄ることも秋の昼　九七
仮縫ひのものを身に当て秋の昼　一一九

［爽か］
さはやかに中村君と呼びくれし　二

［冷やか］
冷やかに女王陛下の馬房かな　八八
夕映えの噴煙となり草冷ゆる　九〇
ひえびえと朱墨の硯まだあるか　一四〇
冷やかに標本の羽すきとほり　一九七

［秋深し］
みづうみの方へと水は秋深し　一九八

［行く秋］
行秋の共にあらぎ仰ぐのみ　三六
行く秋の風鐸松の色をして　一七二

［冬隣］
冬近し浮かべて樽を洗ひをり　一七四

天文

［秋高し］
秋高し橋を回して船とほす　五八
それぞれの膝に画板や秋高し　五九

秋高し左右に舳先ふりながら　一三八
[良夜]
一山の僧控へをる良夜かな　一七〇
船の行き交うて馬関の良夜かな　一九五
[無月]
湖や無月の波のひたひたと　一五二
満ちてくる潮の音の無月かな　一九五
[後の月]
鉢物を取り込みて十三夜かな　二〇〇
[秋風]
秋風や馬に漢方ほどこしぬ　一六
秋風に散つて集まるヨットかな　二三
秋風や柳行李の干されゐて　六一
秋風や去りゆく人に励まされ　一五一
[初嵐]
船艙に穀粒充満初あらし　一五
[黍嵐]
ひんがしに神島はあり芋嵐　四八
[秋時雨]
秋しぐれ若き爽波を知る人と　一二〇
[露]
露むぐら御嶽講のとほりたる　三
葉から葉へ大きな露の遊びをり　四七
露けしや大きな犬のまつ白で　六〇
よく晴れて大仏露を流しけり　六二
大露に映りてゐたり蔵王堂　七二
行蔵は露の年譜につまびらか　七三
漱石のロンドンは露けきところ　八七
大露の畑より煙あがりけり　八八
露の玉迅しこぼるる時の来て　一六九
露の玉一気に走るときのあり　一六九
葉の上を回りてゐたり露の玉　一九七

地理

[秋の水]
革装の合本となり水の秋　七一
欄干は日にあたたまり水の秋　一〇八
舟追うて舟の出でゆく水の秋　一三八
水の秋ひとつの墓に立ち寄りて　一七一
[水澄む]
水澄むや筧を山の砂とほり　三
蟹のゐて馬接待の水澄めり　三七

生活

［秋簾］
軒に吹きあげられしまま秋簾　六一

［松手入］
湖に落つるがままに松手入　一七三
屋根に人舟に人ゐて松手入　一七四

［鯊釣］
空港のまはり鯊釣舟出でて　三五

［茸狩］
茸狩のはぐれしことを今もなほ　一五〇
茸狩に一杯水といふ泉　一七三

行事

［茄子の馬］
瓜の馬つぶれて水となりにけり　一八

［墓参］
掃苔の山に川音とほくより　四七
掃苔の箒そのままうち捨てて　一五〇

［地蔵盆］
提灯を小雨に吊つて地蔵盆　一六

［素十忌］
素十忌の波音一つ聞きとめし　一〇七

動物

［猪］
猪が苔をひつくり返しけり　三八
猪垣のところどころに板戸かな　一五四

［蛇穴に入る］
権現に箸ほどの穴までひかな　四八

［燕帰る］
秋つばめ石切り場とも遺跡とも　六〇

［鵙の贄］
草色の翅をたたみて鵙の贄　一一〇
飴色の瘤となりたる鵙の贄　一七一

［鰡］
差してくる潮に鰡のまた飛んで　一五一

植物

［栗］
栗の毬林の中に寄せてあり　一六八

［棗の実］
ひと打ちにとび散る枝の棗かな　一三

[榠樝の実]
榠樝の実二つが枝に押し合へり　一〇九
[紅葉]
大滝へ紅葉の下を上をゆく　一四一
[黄落]
黄落の天神下に住まひをり　七二
黄落の戸に郵便の挿してあり　一七五
[銀杏散る]
大銀杏太初の言葉降る如し　二三
[一位の実]
山にふる雨音しづか一位の実　三六
[団栗]
玉砂利の中の団栗掃きにけり　三五
[無患子]
無患子や本殿まことに小さくて　一五二
[衝羽根]
衝羽根の実を筆硯のかたはらに　二四
つくばねを画集の上に魚目逝く　一四〇
[飯桐の実]
飯桐の実の高枝にひつかかり　三七
[菊]
菊の鉢転がす雨となりにけり　一〇八
夜おそく着きたる駅の黄菊かな　一五三
[蕎麦の花]
蕎麦の花伯耆大山暮れにけり　一九九
[敗荷]
はたはたと敗荷水を打ちにけり　一九八
菜畑に敗荷とんで来りけり　一九九
[秋草]
秋草に氷室の神を祀りけり　七一
[草の花]
神学生パウロの墓や草の花　九七
座るまで舟ぐらぐらと草の花　一九四
[薄]
演習地すすきの海となりゐたり　八九
演習の空砲をうつ芒かな　八九
衣川すすきの風の昼も夜も　一七〇
[蘆の花]
蘆の花ざかりに蟹の登りゆく　一〇九
[茸]
雑茸の茹で汁に虫浮いてをり　一五三
すらすらと十も二十も茸の名　一九六
茸山に鳥居くぐりて入りけり　一九六

冬

時候

[短日]

箒もて生垣を撫で日短か　二一

船が船ゆらしてとほり日短か　一五六

墓守とさらりと言ひて日短か　一七五

短日の鳥居を波の打ちにけり　一七八

[寒し]

寒さうに海に向ひて祝詞かな　九一

[日脚伸ぶ]

採寸に一日かかり日脚伸ぶ　一三

流木を蝕む貝や日脚伸ぶ　九一

[春待つ]

春を待つどんぐり山へ帰られし　一二六

[春近し]

傳法院釋顕智となられ春近し　一二六

天文

[冬の空]

冬の空別れに杖を高く振り　七八

[時雨]

しぐるるや小さな島に太き松　一七六

[霜]

強霜や薔薇色の子の生れたる　二四

地理

[水涸る]

風音の空に涸滝かかりけり　二七

[冬の波]

冬濤の引くとき岩に奈落かな　九八

[氷]

鯉の池ほたるの川も氷りけり　三九

厚氷からんと物をはね返す　七八

沈めてもすぐ浮かびくる厚氷　九九

[波の花]

ふはふはと岩を離れて波の花　七四

生活

[着ぶくれ]
幼子の着膨れてよく喋りをり　五〇
[水餅]
水餅の沈みをり上時国家　二八
[冬籠]
昏倒の青あざ一つ冬ごもり　七
[屏風]
金屏に竹垂直に活けてあり　一七七
[絨緞]
絨緞や氷のやうなシャンデリア　三九
[榾]
大榾の中より黒き虫出づる　一七七
立木二本間に榾を積みにけり　一六八
[大根干す]
湖の風にかけたる大根かな　一五五
[猪狩]
猪を捌きし跡の濡れてをり　三八
板に干す脂まみれの猪の皮　一七七
[木の葉髪]
父母がわが木の葉髪をかしがり　一七
[暦売]
国技館前に暦を売つてをり　一七

行事

[七五三]
姉のあと付いてまはりぬ七五三　一五五
[豆撒]
湯上りの赤子に声を福は内　二八
[御正忌]
戛々と山蟹のゆく報恩講　二〇〇
[芭蕉忌]
何はともあれ時雨忌の義仲寺へ　二二
[近松忌]
舟に向き合うて坐りぬ近松忌　一五六

動物

[笹鳴]
笹鳴の方へと逸れてゆかれたる　二〇一
[鴛鴦]
鴛鴦に流るる渦のとけにけり　一五四
[冬鷗]
波に乗りかけて歩きぬ冬鷗　一一〇

［海鼠］
海鼠舟島の日向に出でにけり　九〇
［冬の蜂］
ゐのししの皮の脂に冬の蜂　九九

植物

［帰り花］
返り咲く布袋葵のくつがへり　一一〇
［冬紅葉］
冬もみぢ虚子にぶつかり稽古かな　一一一
［木の葉］
ちりぢりの木の葉が空に湖に　一七七
［枯葉］
ロンドンは日差しに枯葉匂ひけり　八七
［落葉］
朝夕に落葉の袋できにけり　四九
石段をくぬぎ落葉のあふれをり　一一三
古里は落葉して水湧きにけり　一七六
［朴落葉］
おもしろや朴の落葉に墨書して　四九
墓石の朴の落葉を払ひけり　七三
朴落葉あたまに乗せて遊びをり　九八
師の庭の朴の落葉を位牌とす　一三九
木曽川へ巌をすべり朴落葉　二〇一
［水仙］
藪の家水仙に日の当たりをり　一六一
［草枯］
枯草を叩き大鯉暴れけり　六三
［枯芝］
枯芝の起伏ゆるやか母と子に　一六二
［石蕗の花］
剪定の梯子に石蕗の花ざかり　一三九

新年

時候

［元朝］
元朝や赤子の声のわが家より　七

天文

［初凪］
浜離宮へと初凪の川下り　一一

［初芝居］
殿様の声甲高く初芝居　一二三
雪のあと花びらが降り初芝居　一三五

生活
［太箸］
父母は太箸つかひにくさうに　六二
［注連飾］
輪飾や伏流水の湧くところ　一七九
［橙飾る］
日の色の橙たかく飾りけり　一七八
［初湯］
あふむけに赤子の浮かぶ初湯かな　二七
［初商］
初売りや昆布に鉋すべらせて　四〇
［正月の凧］
大凧の骨のほどよきしなひかな　一一三
凧揚げの体をもつて行かれさう　一三五

行事
［若水］
若水や藻の青々とゆらぎをる　一七九
降りそそぐ雨の若水汲みにけり　一八〇
［弓始］
なほ遠きところに的を弓初め　一六一

令和俳句叢書

句集　晨風

しんぷう

二〇二二年八月一〇日第一刷
定価＝本体二八〇〇円＋税

●著者――中村雅樹
●発行者――山岡喜美子
●発行所――ふらんす堂
〒一八二―〇〇〇二東京都調布市仙川町一―一五―三八―二F
TEL〇三・三三二六・九〇六一　FAX〇三・三三二六・六九一九
ホームページ http://furansudo.com/　E-mail info@furansudo.com
●装幀――和兎
●印刷――日本ハイコム株式会社
●製本――株式会社松岳社

落丁・乱丁本はお取替えいたします。

ISBN978-4-7814-1455-3 C0092 ¥2800E